KB035865

우리 오빠 좀 때려 주세요

SEOUL, 2011

우리 오빠 좀 때려 주세요

초판 제1쇄 발행일 2011년 2월 20일
초판 제36쇄 발행일 2022년 3월 20일
글 노경실 그림 남주현
발행인 박헌용, 윤호권 발행처 (주)시공사
주소 서울시 성동구 상원1길 22, 6-8층 (우편번호 04779)
대표전화 02-3486-6877 팩스(주문) 02-585-1247
홈페이지 www.sigongsa.com/www.sigongjunior.com

ISBN 978-89-527-8697-5 74810
ISBN 978-89-527-5579-7 (세트)

*시공사는 시공간을 넘는 무한한 콘텐츠 세상을 만듭니다.
*시공사는 더 나은 내일을 함께 만들 여러분의 소중한 의견을 기다립니다.
*잘못 만들어진 책은 구입하신 곳에서 바꾸어 드립니다.

KC마크는 이 제품이 공통안전기준에 적합하였음을 의미합니다.
제조국 : 대한민국 사용 연령 : 8세 이상
책장에 손이 베이지 않게, 모서리에 다치지 않게 주의하세요.

노경실 글 · 남주현 그림

시공주니어

나에게도 오빠가 있으면 얼마나 좋을까?

나를 위해 나쁜 애들을 혼내 주는 오빠!
내가 다리 아프다고 하면 업어 주는 오빠.
모르는 숙제는 척척 해결해 주는 오빠.
엄마한테 혼날 때 나를 감싸 주는 오빠.
아무도 모르게 용돈을 나누어 주는 오빠.
가끔 달걀 라면을 맛있게 끓여 주는 오빠.
추울 땐 나 대신 엄마 심부름을 해 주는 오빠.
여자 친구보다 나를 더 좋아하는 오빠.
컴퓨터 고장 나면 박사님처럼 고쳐 주는 오빠.
맛있는 거 있으면 "하나 더 먹어!" 하고 주는 오빠.
아빠처럼 나를 예뻐해 주는 오빠.
최신 게임이나 유행가를 다 아는 오빠.
내 친구들한테도 인기 짱인 오빠. 그리고……

똥배 안 나오고, 방귀 냄새 독하지 않고, 세수도 잘하고, 멋도 부릴 줄 알고, 공부도 잘하고, 아무리 떼를 써도 다 받아 주는 오빠.

세상에 이런 오빠 없나요?

나는 오빠가 없습니다. 언니도 없지요. 동생들만 네 명이랍니다. 그래서 나에게도 든든한 오빠나 마음 포근한 언니가 있었으면 하지요. 그런데 친구들 이야기를 들으면 좀 이상해요. "어휴, 우리 오빠 때문에 내가 미쳐!", "우리 오빠는 나의 원수야!", "내가 힘이 세면 우리 오빠 좀 한 대 때려 줄 텐데!", "우리 오빠는 철이 없어."라며 툴툴대거든요.

그래도 나는 오빠가 있었으면 좋겠어요.

책 제목은 '우리 오빠 좀 때려 주세요' 이지만, 사실 속마음은 '나는 우리 오빠가 세상에서 가장 좋아!' 랍니다.

어린이 여러분, 다음 책에선 '우리 언니' 에 대한 이야기를 쓸까요?

2011년 2월 일산 흰돌마을에서

노경실

차례

작가의 말 ------------- 4

1. 오빠 친구에게
편지를 쓴 희진이 ------ 9

2. 아기 토끼의 목소리를
들은 오빠 ------ 18

3. 아빠 바지를
입은 현호 ------ 26

4. 불행했다가
행복해진 오빠 ------ 36

5. 내 동생을
위해서라면 --------- 46

6. 산타클로스 친척이
될 뻔한 오빠 -------- 54

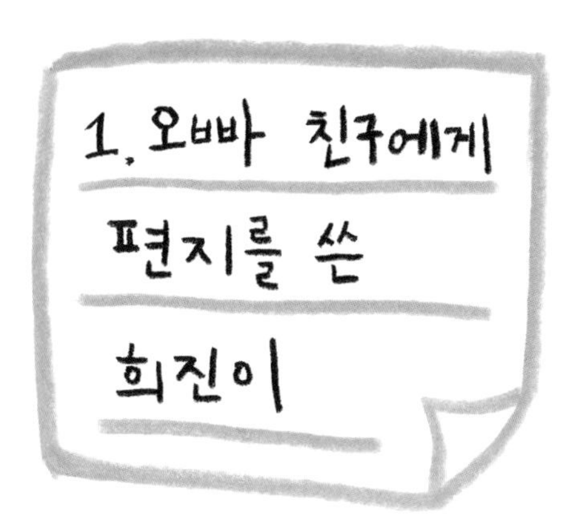

딩동 딩동

"현호야, 놀자!"

"그래! 들어와!"

거실에서 희진이와 함께 텔레비전 만화 영화를 보던 현호는 냉큼 현관문 쪽으로 달려갔습니다. 1학년이 되면서 현호랑 같은 반 친구가 된 명준이가 놀러 왔지요.

희진이는 그동안 명준이를 서너 차례 보았지요.

그런데 이상하게도 그때마다 희진이의 콧구멍이 벌렁벌렁거렸습니다. 얼굴도 살짝 붉어지고요. 그래서 희진이는 명준이를 볼 때마다 일부러 기침을 했답니다.

오늘도 그랬지요.

"콜록콜록!"

"희진아, 감기 걸렸어? 꼬맹이들은 강아지처럼 감기에 잘 걸리더라. 나도 유치원에 다닐 때에는

그랬는데, 지금은 완전히
튼튼해!"
명준이는 어깨를
으쓱거렸습니다.
희진이는 기분이
나빠졌지요.
'내가 꼬맹이? 강아지라고? 흥! 그럼 명준이
오빠는 거인이야? 불독이야? 코끼리야? 흥!'
희진이의 마음을 전혀 모르는 명준이는 후다닥
현호의 방으로 들어갔습니다.
희진이는 혼자 텔레비전 보는 게
재미없어졌습니다. 그리고 자꾸 명준이가 보고
싶어졌지요.
"치! 치사하게 자기네들끼리만 놀고 있어. 휴,
너무 심심해……."
희진이는 예쁜 나무 소쿠리에 귤을 담아서

오빠 방으로 들어갔습니다.

"오빠…… 이거……."

"뭐야? 우리 귤 안 먹어! 나가! 방해하지 마!"

현호는 신경질을 내듯 말했습니다.

"맞아! 귤은 애들이나 먹는 거야! 오빠들 노는 데 끼어들지 마."

명준이도 희진이 마음을 아프게 하는 말을 했지요.

희진이는 소쿠리를 방바닥에 홱 내던지고 싶었지만, 명준이에게 잘 보이고 싶어 얌전히 나왔습니다. 그러나 방문을 두 뼘 정도 열어 놓았지요.

희진이는 거실에서 텔레비전을 보는 척하면서 슬금슬금, 요리조리, 살짝살짝…… 명준이를 몰래 훔쳐보았습니다.

'우리 오빠는 심술쟁이인데 명준이 오빠는 남자다워. 우리 오빠는 똥배가 나왔는데 명준이 오빠는 배에 왕(王) 자가 새겨졌을 거야. 우리 오빠는 방귀 대장인데 명준이 오빠는 똥도 안 눌 거야. 우리 오빠가 명준이 오빠라면 얼마나 좋을까!'

그때, 명준이가 화장실에 가려고 방에서 나왔습니다.

"으잉?"

순간, 희진이는 나쁜 짓을 하다가 들킨 것처럼 앉은 채로 엉덩이를 뒤로 휘익 밀었지요. 그러자 희진이 엉덩이 밑에서 찌이익 하며 이상한 소리가 났습니다. 그 소리가 우스웠는지 명준이가 놀렸어요.

"희진아, 너 방귀 뀌었지? 네 방귀 소리 참 촌스럽다, 히히히……."

"나…… 방, 방귀…… 안 뀌었어!"

희진이는 두 팔을 마구 흔들었어요.

"원래 여자애들은 방귀 뀌고도 기침했다고 말하더라. 또, 코딱지 팠으면서도 고민이 있어서 생각한 거라고 하고. 하지만 넌 겨우 일곱 살이니까 괜찮아. 아직 애기잖아. 그러니까 방귀 뀌어도 괜찮아, 헤헤헤……."

"나, 애기 아니야! 나, 방귀 안 뀌었어!"

희진이는 너무 창피하고 억울해서 훌쩍이며 자기 방으로 들어갔어요. 그리고 편지를 쓰기 시작했습니다.

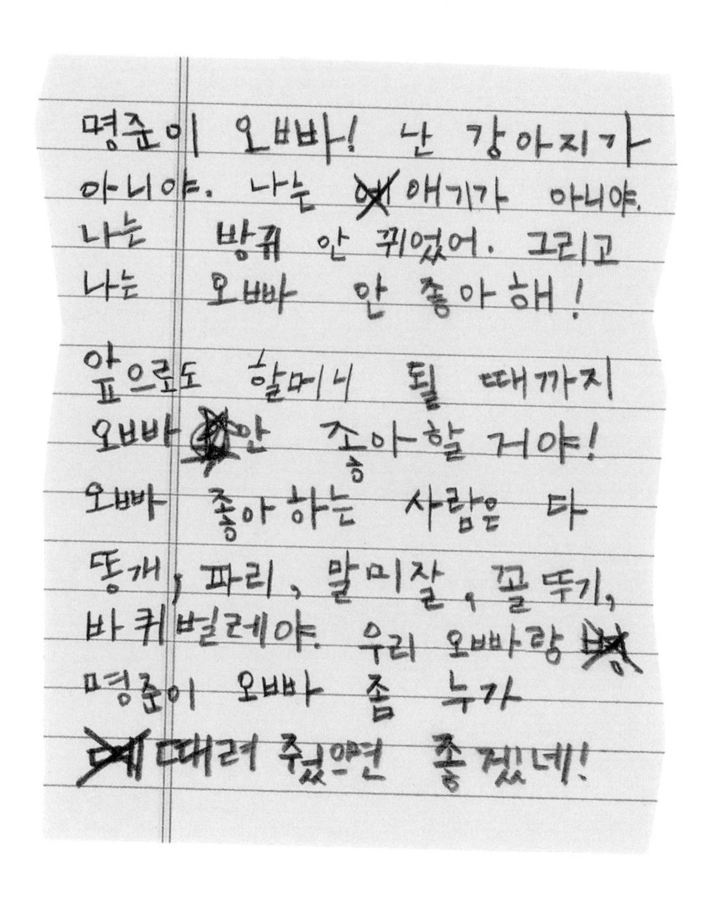
명준이 오빠! 난 강아지가
아니야. 나는 애기가 아니야.
나는 방귀 안 뀌었어. 그리고
나는 오빠 안 좋아해!

앞으로도 할머니 될 때까지
오빠 안 좋아할 거야!
오빠 좋아하는 사람은 다
똥개, 파리, 말미잘, 꼴뚜기,
바퀴벌레야. 우리 오빠랑
명준이 오빠 좀 누가
때려 줬으면 좋겠네!

여보

"현호야, 네 차례야. 빨리해!"

명준이는 현호의 옆구리를 손으로 쿡 찌르며 말했어요.

"나도 알아. 그런데 우리 엄마가 2시까지 집에 오라고 했는데……."

현호는 그러면서도 컴퓨터 게임 속으로 다시 빠져들었지요.

엄마와 아빠가 외출하면서 이렇게 말했거든요.

"현호야, 꼭 2시까지 집에 와서 희진이랑 놀아야 한다."

지금 집에는 희진이 혼자 있어요.

"현호야, 토요일이니까 좀 늦게 가도 되잖아? 딱, 30분만 더 하고 가."

명준이의 말에 현호는 용기를 얻은 사람처럼 목에 힘을 주고 끄덕였어요.

"그래, 딱 30분만 더 할게."

현호와 명준이는 컴퓨터 안으로 들어갈 것처럼 정신없이 게임을 했습니다.

그러나 현호가 정신을 차렸을 땐 2시 30분이 아니라 4시가 다 되어 가고 있었어요!

"으악! 큰일 났다!"

현호는 명준이네 집에서 도망자처럼 뛰어나왔어요.

현호가 현관에 발을 들여놓자마자 현호 발 앞에 엄청나게 큰 소리가 떨어졌지요.

"엄마! 오빠 왔어! 집 나가라고 할까?"

희진이의 목소리가 가장 먼저 들렸어요. 그다음에는 천둥 같은 엄마의 목소리였습니다.

"최현호! 네가 정신이 있는 거야, 없는 거야!"

엄마는 회초리를 들고 달려 나왔지요.

"으악!"

그러나 현호는 매를 맞기 전에 집에서 도로 뛰쳐나왔습니다.

"현호야, 어디 가!"

엄마가 소리쳤지만, 현호는 뒤도 돌아보지 않았지요.

'흥! 엄마한테 매 맞을 바에야 차라리 집을 나갈 거야!' 하면서요.

현호가 무작정 달려간

곳은 동네 뒷산이었습니다.

토요일 오후라 뒷산은 사람들로 복작였어요. 엄마, 아빠와 함께 나온 아이들, 친구들과 같이 온 아이들로 시끄럽기까지 했어요. 혼자 온 어린이는 현호뿐인 듯했습니다.

앗! 그런데 누군가 현호처럼 혼자인 '어린이' 가 있었습니다. 그 '어린이' 는 수풀 속에서 현호를 빤히 쳐다보고 있었어요.

"아기 토끼다! 토끼야!"

현호는 잔뜩 일그러뜨렸던 얼굴을 환하게 펴며 아기 토끼를 향해 손짓했어요. 가만히 보니 누군가 집에서 키우다가 산에 버린 게 분명했습니다.

작년에도 저렇게 버려진 토끼를 본 적이 있거든요. 현호는 그때 함께 산에 왔던 아빠가 해 준 말이 생각났지요.

"분명히 살쾡이들한테 잡아먹히거나 굶어 죽을

거야. 쯧쯧…… 사람들은 너무 잔인해. 현호야, 어린이들도 저 토끼처럼 집이나 부모님을 떠나면 살기 힘들어진단다."

아빠의 말이 생생히 기억나는 순간, 현호는 눈물을 찔끔 흘렸습니다.

그때 아기 토끼가 현호한테 말을 거는 것 같았어요.

"최현호! 빨리 집에 가! 나는 가고 싶어도 갈 집이 없잖아. 너는 참 행복한 아이야."

현호는 '으잉?' 하며 손등으로 눈물을 닦고 다시 한 번 아기 토끼를 바라보았습니다. 그러나 아기 토끼는 어느새

수풀 속으로 휘익 숨어 버렸지요. 현호가 달려가 살펴보았지만 아기 토끼는 보이지 않았습니다.

현호는 아기 토끼가 하나님이 보낸 천사라고 생각하며 산에서 내려왔어요.

'아기 토끼는 죽지 않을 거야! 천사니까!'

그런데 참 이상한 일이 일어났어요.

아까 산에 올 때와는 달리 현호의 발걸음이 가벼워졌거든요.

현호가 현관문을 여는데 희진이 목소리가 또 먼저 들렸습니다.

"엄마, 오빠 왔어요! 내가 대신 때려 줄까요?"

엄마!
오늘 어떤 아이를
만났는데 길을
잃었는지 아주
불쌍해 보였어요.

숙제를 하고 나서 텔레비전을 보던 현호는 갑자기 얼굴을 일그러뜨렸습니다. 그리고 희진이를 노려보며 소리를 질렀어요.

"너, 아빠한테 휴대폰 사 달라고 했다며? 겨우 일곱 살짜리가? 나도 없단 말이야!"

"오빠는! 내 친구, 미미랑 보라는 휴대폰 있어! 그리고 일곱 살이 바본 줄 알아?"

희진이도 가늘게 뜬 눈으로 오빠를 노려봤습니다.

"쪼그만 게, 까불지 마!"

"내가 왜 쪼그매? 나도 오빠처럼 1학년 되면 키 클 거야!"

두 아이가 끝도 없이 티격태격할 때 엄마와 아빠는 어디에서 무엇을 하고 있을까요?

엄마와 아빠는 같은 회사에 다니며 열심히 일하지요.

엄마와 아빠는
오늘도 일을 마치고
나란히 집으로
돌아왔습니다.
두 아이가 식식거리는 모습을
보고 엄마가 물었어요.
"어? 너희들 왜 싸웠니?"
"엄마! 아빠! 나부터
휴대폰 사 주셔야 해요!"
현호의 말에 아빠는 무슨
말인지 알겠다며 싱긋
웃었어요.
아빠가 엄마

귀에 대고 속삭이자 엄마는 얼른 안방으로 들어갔습니다.

"저녁은 조금 있다가 먹어야겠네, 호호호."

엄마는 뭐가 재미있는지 웃음을 그치지 않았어요.

"그럼, 현호와 희진이는 너희가 잘 입는 바지와 치마를 하나씩 가져와라."

난데없는 아빠의 말에 두 아이는 투덜거리며 자기 옷을 하나씩 들고 왔지요. 현호는 청바지를, 희진이는 노란 치마를 가지고 왔습니다.

안방에서 나온 엄마는 아빠의 양복 바지와 엄마의 보라색 주름치마를 들고 왔지요.

아빠가 말했어요.

"현호는 아빠 바지를 입고, 희진이는 엄마 치마를 입어 봐. 아빠는 현호 바지를 입고, 엄마는 희진이 치마를 입을게."

"네?"

현호와 희진이는

눈을 동그랗게 떴습니다. 엄마와 아빠가 현호와 희진이의 옷을 입느라 낑낑대자, 두 아이도 히히 웃으며 옷을 입기 시작했어요.

잠시 뒤…….

“하하하…… 나 좀 봐. 왕바보 같아, 으하하하…….”

현호는 아빠 바지를 입은 자기 모습을 보고 웃음을 터뜨렸어요.

“헤헤헤…… 나는 집 나온 애 같아!”

희진이는 엄마 치마를 입은 자기 모습을 보고 웃느라 침까지 흘렸어요.

얼마 뒤 현호 바지 한쪽에

겨우 오른쪽 다리의 무릎까지만 넣은 아빠가 말했습니다.

"애들아, 뭐 좀 깨달은 거 없니? 휴대폰이든 뭐든 이런 경우와 같아. 즉, 물건이란 자기 나이에 맞게 사용하는 게 좋단다."

현호는 재빨리 자기가 입고 있는 아빠 바지를 손으로 가리키며 말했어요.

"아빠, 무슨 말인지 알았어요. 휴대폰 말씀하시는 거죠?"

"와, 우리 아들 총명하네! 그래, 휴대폰은 너희들이 조금 더 큰 다음에 사용하는 게 어울린다는 말이란다."

아빠의 말에 엄마는 입으려던 희진이의 치마를 곱게 접으며 고개를 끄덕였지요.

그러나, 희진이는 자기가 입고 있는 엄마의 주름치마가 스르륵 내려갈까 봐 두 손으로 꽉

잡았어요.

희진이는 고개를 갸웃하며 말했지요.

"아빠! 나는 그래도 휴대폰이 좋아요!"

순간, 희진이의 머리에 현호의 꿀밤이 타닥 떨어졌어요.

"너는 너무 철이 없어!"

희진이는 두 손으로 머리를 움켜잡고 울었습니다. 그 바람에 엄마의 주름치마가 스르륵 내려갔지요.

희진이는 팬티 바람으로 엉엉 울며 말했어요.

"아야! 으앙…… 엄마, 오빠 좀 때려 주세요. 너무 아파요, 으앙!"

맛 좀 봐라!
얍!

“현호야, 현호야!”

엄마가 부르는 소리에 현호는 눈을 번쩍 떴습니다.

“엄마!”

현호는 비명을 지르다시피 하며 엄마 품에 와락 안겼지요.

“현호야, 꿈꿨니?”

"으응…… 너무너무 무서운 꿈을 꿨어요……."
현호는 눈물을 뚝뚝 흘리며 울음을 터뜨렸어요.

현호는 무시무시한 꿈을 꾸었지요.
황소만 한 시베리안 허스키가 쫓아왔거든요.
현호는 밤새도록 도망치다가 낭떠러지에서 떨어졌습니다.
현호는 떨어지면서 소리를 질렀어요.
"아…… 이제 나는 하늘나라로 가는구나. 엄마, 살려 줘요! 엄마!"
그리고 엉엉 울면서 깨어났지요.

아직도 겁에 질린 현호가 꿈 이야기를 했어요.
엄마가 웃으면서 말했습니다.
"우리 현호가 키 크려고 그런 꿈을 꿨구나."
희진이는 현호를 약올렸지요.

아~아~악

"오빠는 꿈속에서도 겁쟁이야! 나라면 그 개를 이단 옆차기로 빵 하고 혼내 줬을 거야!"

그런데 정말 이상한 일이 생겼어요!

현호는 학교 가는 골목길에서 바둑강아지를 만났지요. 현호는 꿈 생각이 떠올라 무서운 마음에 딱 멈추어 섰어요.

현호와 마주친 바둑강아지는 킁킁대며 천천히 앞으로 다가왔어요.

어제까지만 해도 현호는 개를 보면 좋아라 하고 무조건 달려가서 만져 주었지요. 그러나 오늘은 달랐습니다.

'으으…… 꿈이 정말 이루어지는 건가? 바둑강아지가 나한테 덤벼들지도 몰라. 맞아, 개의 조상은 늑대라고 했으니까 저 바둑강아지도

속마음은 늑대일지 몰라……. 후유, 피해 가자.'

현호는 바둑강아지의 눈치를 살피며 골목 담벼락에 붙어 바닷게의 걸음으로 살살 걸었어요. 그런데 바둑강아지는 현호가 보이지 않는다는 듯 휙 지나쳐 갔습니다.

'후유, 그래! 바둑이, 저 녀석이 내 꿈에 나타난 그 개야.'

현호는 크게 숨을 내쉬며 골목을 빠져나왔지요.

그런데 이번에는 현호네 반에서 최고 말썽 대장인 홍철이를 만났습니다.

"현호야! 잘 만났다. 내가 오늘 처음 만나는 애한테 이걸 선물로 주려고 했거든! 내가 이거 모으려고 어저께 무지무지 고생했어!"

홍철이는 현호 손에 무언가를 쥐여 주고는 달아났어요.

"으악!"

손을 펴서 자기가 쥐고 있는 것을 보는 순간, 현호는 비명을 질렀습니다. 현호가 기겁을 하며 땅바닥에 내던진 것은 파리채로 잡은 파리들이었어요.

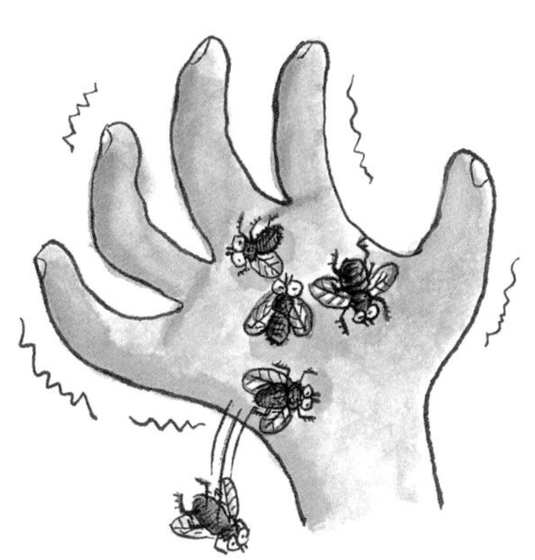

"으이씨……. 홍철이, 저 녀석이 내 꿈에 나타난 그 개야!"

현호는 학교에 도착하자마자 화장실로 달려가 한참 동안 손을 씻으며 생각했습니다.

'오늘은 아침부터 너무너무 기분 나빠! 난 정말 불행한 아이야!'

교실에 들어온 현호는 풀이 팍 죽었지요. 꿈 하나로 자기가 세상에서 가장 불쌍하고 가여운 아이라는 생각이 들었거든요.

그때, 현호가 마음속으로 좋아하는 연경이가 생일 초대장을 주었어요.

"현호야! 꼭 와야 해! 선물 안 가지고 와도 돼!"

현호는 분홍 카드를 받는 순간, 또 생각했지요.

'히히, 이 세상에 무서운 꿈은 없어! 나는 세상에서 가장 행복한 아이야!

그날 저녁, 현호는 생일잔치에 초대받은 것을 자랑했습니다. 그리고 한마디 덧붙였지요.

"희진이, 너는 멋진 남자 친구한테 초대받은 적 없지?"

"흥, 이제 생길 거야!"

희진이는 당당하게 말했어요.

“백 년 뒤에? 천 년 뒤에? 히히, 메롱!”

현호는 혀를 날름하고는 얼른 자기 방으로 들어갔습니다.

희진이는 발버둥을 치며 고래고래 외쳤지요.

“엄마! 아빠! 오빠 좀 때려 주세요! 내가 오빠 때문에 못 살겠어요!”

헉!

학원을 가려던 현호는 현관에서 신발을 신으며 말했습니다.

"희진아, 천 원만 꿔 줘."

"싫어. 아니, 나 돈 없어."

거실 탁자에서 숙제를 하던 희진이는 고개도 들지 않고 대답했지요.

"아직 용돈 남은 거 다 알아. 빨리 꿔 줘. 천 원 꿔

주면 내가 다음 달에 천백 원 줄게."

현호는 용돈 받은 지 열흘도 되지 않아서 다 써 버렸지요. 현호는 희진이를 살살 달랬습니다. 그러나 희진이는 고개만 저었어요.

현호는 화가 바짝 올랐습니다. 학원 앞에서 친구들과 함께 조각 피자를 사 먹으려고 했거든요.

"좋아! 어휴, 치사해라! 오늘부터 너는 내 동생 아니야!"

"흥! 오빠 노릇한 게 뭐 있어? 잘됐어. 나도 오빠 없는 게 더 좋아. 만날 심부름이나 시키고, 내 용돈만 노리고……."

“뭐? 내가 도둑이야? 네 용돈을 노리게. 관둬! 너랑 이제 끝이야!”

“나도 오빠 없는 게 더 행복해!”

현호는 소리를 꽥 지르며 나갔습니다.

학원으로 가는 동안 현호는 씩씩거렸어요.

‘아유…… 무슨 동생이 저렇게 못됐지?’

학원 공부를 마친 현호는 친구들이 조각 피자를 먹으러 가는데 바쁜 척을 했습니다.

“오늘 우리 동생이 무지무지하게 아파서 빨리 집에 가야 돼.”

“어디가 아픈데?”

친구들이 묻자, 현호는 또 거짓말을 했지요.

“으응…… 장, 장티푸스 걸렸어.”

현호는 며칠 전 배운 전염병 이름 중 하나를 말했습니다.

“장티푸스? 그럼 죽는 거야?”

“으응, 죽, 죽을지도 몰라.”

현호는 벌게진 얼굴로 대답했어요. 그러면서 속으로 떨었습니다.

‘내가 한 말 때문에 동생이 정말 죽으면 어떡하지?’

그때, 친구들이 갑자기 소리를 질렀어요.

"희진이다!"

"어? 현호 동생이다! 아직 안 죽었어!"

현호는 친구들이 가리키는 곳을 보았습니다.

희진이는 피자집 옆에 있는 문방구 앞에 있었습니다. 그런데 4, 5학년 정도 되는 남자아이 둘과 실랑이를 하고 있었지요.

"현호야, 네 동생 장티푸스 걸렸다며?"

"현호야, 네 동생 죽을지 모른다며? 마지막으로 문방구에 온 거야? 너무 불쌍하다. 그런데, 하나도 안 아픈 얼굴이야."

"현호야, 네 동생은 앞으로 학교도 못 다니겠다. 불쌍해……."

친구들은 슬픈 얼굴로 한마디씩 했어요.

그러나 그 순간 현호 귀에는 아무 말도 들어오지 않았습니다. 남자아이들과 말다툼하고 있는 동생을 구해야 한다는 생각밖에 없었어요.

현호는 동생이 하나도 밉지 않았어요. 동생이 귀찮지도 않았어요. 동생이 치사하다고 생각하지도 않았지요.

현호는 희진이를 향해 뛰었습니다.

"희진아! 왜 그래? 여기 오빠 있어!"

희진이가 돌아보며 소리쳤습니다.

"오빠! 빨랑 와서 이 오빠들 좀 때려 줘!"

휘진아~
오빠가 있다!

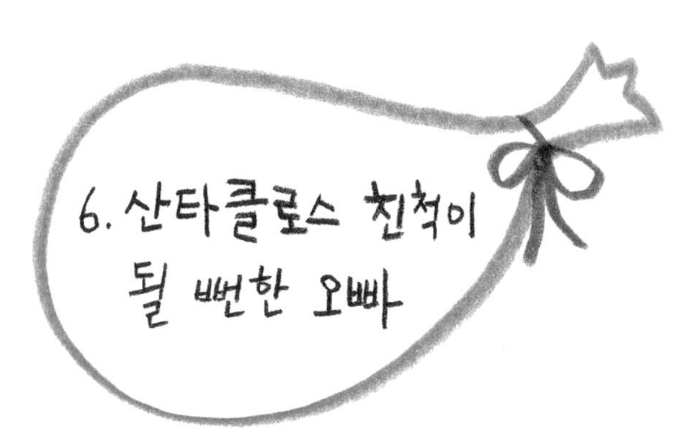

"오빠는 크리스마스 날에 무슨 선물 받고 싶어?"

저녁밥을 먹는데 희진이가 물었습니다.

크리스마스는 이제 보름 정도 남았지요.

"나는 산타클로스 안 믿어. 그래도 선물은 받고 싶어."

"오빠, 나는 산타클로스 믿어! 그래서 가방 선물 받고 싶어!"

"나는 새로 나온 게임기랑 게임칩을 잔뜩 받고 싶어."

현호는 일부러 엄마를 쳐다보며 말했지요.

엄마도 일부러 모른 척하면서 하품을 했어요. 그래도 현호는 선물 이야기를 그치지 않았습니다.

"희진아, 너는 또 어떤 선물을 받고 싶어?"

"오빠, 나는 고릴라 인형이 달려 있는 가방이면 돼!"

“인어공주 인형 말고?”
“응. 고릴라 인형 가방이 인기야. 나는 빨간색 가방으로 선물받고 싶어. 산타클로스 할아버지가 지금 내 얘기를 듣고 있으면 참 좋겠네!”
희진이는 어깨에 가방을 메는 시늉을 하며 위를 올려다보았어요.
엄마가 말했습니다.
“희진아, 네가 그동안 착한 일 많이 했으면 산타 할아버지가 소원 들어주시겠지.”
“엄마, 희진이는 말썽 많이 피웠어요.”
현호가 끼어들었지요.
“그럼 무서운 고릴라가 와서 혼내 줄걸.”
엄마가 웃으면서 말했지만 희진이 얼굴이 어두워졌습니다.
현호가 또 말했어요.
“희진아, 어쩌면 고릴라가 너를 가방에 넣고

아프리카로
데려갈지도 몰라.
그러니까 잘
생각하고 기도해."

어느새 희진이는 울상이 되었습니다.
희진이는 요즘 유행하는 가방과 가방에
달린 아주 조그마한 고릴라 인형을 참
좋아합니다.

"진짜 고릴라?"
희진이는 겁이
났어요. 텔레비전이나
동물원에서 자기보다
열 배 이상은 크고

우락부락한 검은 털 고릴라를 봤거든요.

오빠 말대로 그동안 자기가 말썽을 많이 피웠다고 생각한 희진이는 눈물을 뚝뚝 흘렸습니다.

"엄마, 나 고릴라 인형 가방 안 가질래요……. 싫어……. 산타 할아버지한테 말해 줘요……. 으앙!"

아빠가 회사에서 돌아왔지만, 희진이는 울음을 그치지 않았어요.

아빠가 달래고, 엄마가 안아 주어도 희진이는 훌쩍였습니다.

"엄마, 고릴라가 나를 가방에 넣고 가면 어떡해? 으앙……."

현호가 일부러 어른 목소리로 말했습니다.

"희진아, 걱정 마. 내가 산타 삼촌한테 말할게."

"으잉? 산타 삼촌? 우리 훈이 삼촌 말고, 산타 할아버지도 우리 삼촌이야?"

"그래! 우리 가족은 산타 할아버지 친척이야. 이건 비밀이니까 누구한테도 말하면 안 돼!"

"응…… 말 안 할게."

"좋아. 그럼 아무 걱정 마. 그렇죠, 엄마?"

현호는 엄마를 보며 한쪽 눈을 찡긋했어요.

엄마는 살짝 웃으며 희진이에게 말했지요.

"희진아, 산타 친척은 전 세계에 사는데 우리는 한국 친척이야. 오빠 말처럼 이건 일급비밀이야."

아빠도 말했지요.

"희진아, 이번 크리스마스엔 산타 친척 모임이 있어서 아빠는 조금 늦게 집에 온다, 어험!"

그제서야 희진이는 울음을 그치고 말했어요.

"엄마, 그럼 나는 산타 할아버지 조카야?"

현호가 대신 고개를 끄덕였어요.

"내 동생은 너무 순진해!"

오늘은 아마 희진이가 태어나서 처음으로 '오빠 좀 때려 주세요!' 라고 소리치지 않은 날일지도 몰라요!

호호호!